KB074291

풀빛 같은 날

한국정형시 019

풀빛 같은 날

1판 1쇄 인쇄 | 2023년 11월 20일
1판 1쇄 발행 | 2023년 11월 27일

지 은 이 | 한미자
펴 낸 이 | 이영희
펴 낸 곳 | 이미지북
출판등록 | 제324-2016-000030호(1999. 4. 10)
주 소 | 서울특별시 강동구 양재대로122가길 6, 202호
대표전화 | 02-483-7025, 팩시밀리 : 02-483-3213
e-mail | ibook99@naver.com

ISBN 978-89-89224-63-1 03810

풀빛 같은 날

한미자 시조집

이미지북

ㅣ시인의 말ㅣ

소중한 내 기억들,
그것들을 간직하고 싶었다.

허나 내 손놀림은
이런저런 구실로 멈추는 날이 더 많았다

밝고 고우며 건강한 걸음을 걷고 싶다
아직도 익숙지 않은 까닭이리라, 뒤뚱거림은

오랜 시간 쉽지만은 않았던
그 시간들을 내 품에서 내린다

오종문 시인께 감사드린다.

2023년 11월
풀빛 같은 날에

제2부 | 산그늘 한 끝을 훔쳐본 하늘빛 더 붉더라

제3부 | 한 번을 놓아버리고 또 한 번을 비워내고

제4부 | 흐릿한 네 이름 벗고 그곳에 나 있으니

제5부| 참다가 뱉어낸 울음 풀꽃이 받습니다

제 1 부

그대, 내 전부였음을 말할 수 없었니라

우리들의 삐에로

곡예가 끝나가는 곡마단의 삐에로가
벌써부터 울고 있는 한 사람을 보았소
멋지게 웃어 보이려 입을 크게 벌렸지

보는 사람 아무도 눈치채지 못하는데
흰 분장 덧칠하는 물기를 보았소
손가락 가리키는 쪽 애써 보고 있었소

오래 묵은 휘장이어서 그 또한 삐에로
한 사람 문득 일어선 사나이를 보았소
오래전 분칠한 흔적이 걸어가고 있었소

저녁 강

강을 건너지 못하고 돌아온 편지에는
끊임없이 밀려드는 물살 그 사이사이
수초에 발목이 잡힌 고기떼가 노닐고

어부는 먼 강으로 배를 타고 나갔다
구슬 하나 건네 줄 물고기는 없을까
커단 눈 꿈벅거리며 하늘 잠시 눈뜨는데

꼬리를 흔들면서 별똥 하나 헤엄치다
뭍에 오르지 못해 떠내려가고 있다
몇 번씩 뜯다 만 편지가 낯설다, 섬뜩하다

등넌출이

몸 안에 자라나는 피의 행로 보여주랴

내 안 가득 울리는 그 이름 들려주랴

뜨거운 웃음 한 자락 그대 손에 쥐어주랴

청령포

푸른 물소리에 솔빛 갇혀 살구나

바람 한 점 없이도 내 안에 비 내리고

조약돌 속 깊은 곳에 실금 새겨 안았구나

어릿광대

기어가다
걸어가다
뛰어가다
넘어지다

절뚝절뚝
겅중겅중
뒤뚱뒤뚱
엉금엉금

덜커덩, 문이 닫힌다
여는 사람이 없다

여일餘日

비라도 뿌리려나 하늘 잔뜩 찌푸리다

돌아갈 것 돌아가고 떠날 것 다 떠난 후

빈 땅엔 흙먼지 일어 포개지고 있는데

대밭에선 누구나

대밭에선 누구나 대(竹)를 꺾지 말 일이다
가지가 꺾이도록 눈 쌓이지 않아도
한번은 무릎을 꺾어 하늘을 우러르느니

누구나 대밭에선 키를 낮출 일이다
휘인 어깨 위에서 외면하는 달빛에도
어둠은 벼랑 끝으로 밀려가고 있느니

꺾일 줄 모르는 너, 굽힐 줄 모르는 나
한 번은 굽히고 한 번은 꺾여야 하리
길 끝에 다다르기 전 한데 엉켜 뒹굴더라도

속마음 허전할 때 대밭에 와 서 보라
하늘을 떠받치다 빠져나간 혈액이
푸르게 푸르게만 솟아 새벽을 일으키느니

꿈
—IMF

1.
검푸른 물 일렁인다
흐르지 않고 출렁인다

넘치도록 일어나 덮쳐올 것 같은데

누군가
알몸으로 걸어와
저벅저벅 들어간다

2.
천 길 낭떠러지로
떨어지는 꿈속에서

벌레들이 내 살을 파먹어 들어오는데

누군가
비명소리가
도굴되어 나온다

독도

솔 씨 하나 떨어져 절벽 위에 뒹굴다

비 오면 비를 맞고
바람 불면 바람 맞다

바위틈
목숨의 여백
매일 배가 고프다

봉숭아 꽃잎 질 때

봉숭아꽃 남은 몇 잎 찬비에 설피 운다
하루에도 몇 번씩 혼절하듯 저리 울고
열여섯 치맛자락은 어머니가 그립다

시린 눈 씻고 나면 낮달마저 환한 날
제멋대로 지나간 발자국에 짓이겨진
봉숭아 그 붉은 이름 손톱마다 물든다

비 내리고 비 내려 꽃 물빛 지워지면
늦가을 햇살 같은 유년이 다시 올까
거울 속 낯선 얼굴로 얼레빗질 곱게 한다

부유浮遊하는

불어 터진 과자부스러기 물 위에 떠 있다

스티로폼에 배가 부른 까닭인지 혹 몰라

온종일 입질만 하더니 물고기 안 보인다

모래성

철 지난 바닷가에 주인 없이 서 있는
모래성 덩그마니 빈 바다를 지킨다
오래전 시린 이름도 나란히 적혀 있다

허연 속살의 감꽃 떨어져 흩어지고
얄궂은 바람만큼 황홀한 감나무 밑
어쩌면 잊을 뻔했던 그때 그 두꺼비집

멀어지는 바닷물의 아우성이 어지럽고
그리움의 의식은 끊임없이 밀려오는데
모래성 그 더운 이름 시리도록 저리 붉다

동백

나 아직
환한 등불
받쳐 들고 있습니다

밤 가고
밤이 오고
지긋이 입술 물면서

내 안에 쉼 없는 바람 잠재우고 있습니다.

하루가
또 하루가
무던히도 가옵니다

모르게
품은 생각
벌써 드러났는데

내 뼈는 지층 깊숙이 임을 두려 합니다.

꽃샘바람

어쩌면 이명耳鳴입니다
속가슴이 울어 내는

여미어도
여미어도
솟아나는 그대 생각이

차가운
눈빛을 닮아
어깨 자꾸 시립니다

청맹과니의 노래

차마
입을 열어
말할 수 없었니라

그대, 내
전부였음을
말할 수 없었니라

감아도
감기지 않는 눈
보일 수 없었니라

구곡폭포에서

쓸리거라 네 이름
모두 씻겨 내려라

어느 것 하나 남김없이
무너져 내리거라

절벽은
앞에 키우고
그리움을 재우거라

* 강촌역에서 강을 건너지 않고 들어가면 폭포가 있다.

오늘

산 자 만나고 와서
죽은 자 생각한다

죽은 자 생각하며
산 자를 그리워한다

어제와
내일 사이에
늑골이 뻐근하다

소나기

그리움은 아닌데 네 생각 나는지 몰라
버려뒀던 일기장 뽀얀 먼지 속에서
클로버 마른 네 잎을 들고
진실처럼 네가 있는지

비 개인 들판에서 소 고삐 말아 쥐고
이만치 다가와서 사과 한 알 건네주며
'다시는 아프지 마라'던
네 기억 떠올리는지

낙엽기

떠나고자 하는 마음
바람이 먼저 알아

떠밀면 밀리는 체
마음 놓고 뒹굴었어

사실은
눕고 싶은 자리
모르는 척 머물렀어

적寂

산에 바람 있어 뒷산에 올라 보니 바람 불지 않아도 풀잎 외려 더 낮고
급하게 청설모 한 마리 솔숲으로 숨는다

작은 돌 몇 개 집어 큰 돌 위에 올려놓고 한 바퀴 돌아오면 내 앞서 지났을까?
보인다, 큰 나무 아래 작은 잎 흔들리는 거

생각에 나이 들면 세상 다 알리라고 맵던 회초리보다 못다 한 삶이 주는
내 엄니 남기는 말씀 그 말씀 혹 아닐지

늦가을 햇살 같은

쉬엄쉬엄 걸어가도
반나절에 닿을 그곳

늦가을 햇살 같은
내 어머니 누워 있다

마당 가
벽오동나무
유난히 꼿꼿한 날

밤, 시계 소리

떠난 지가 언제인데 아직 정을 못 끊어

밤마다 모르게 와 머리맡에 서성이나

누구냐, 적막을 도와 어둠 추스르는 이

낙서

그땐 정말 몰랐니라
그리움의 무게를

나 아직 있으므로
네가 내게 있음을

살면서
오늘 또다시
낙서 같은 고백이다

제 2 부

산그늘 한끝을 훔쳐본 하늘빛 더 붉더라

일식日蝕

하늘을 품었다가 해를 잉태하고
몇 번의 밤이 지나면서 달을 낳았다던
상여간 몽달어멈이
머리를 풀었단다

소리 되고 노래 되고
춤 되고 눈물 되는
지금도 마을에선
상여간의 이야기
아낙들 입에 붙어서
온천지를 떠돈다

자꾸만 비가 오고
자꾸만 바람 불고
모르게 꽃이 지고 벌레 소리 멋었는데
외딴집 거미 한 마리 열꽃 다시 솟는다

이슬비

내 마음 눈을 감아
너를 잡지 못했니라

내 마음 귀를 닫아
그대를 보냈니라

어쩌면
까닭을 몰라
울고만 있었니라

양파를 까며

대체 그 속내에는
모반이라도 있는 걸까

도무지 알 수 없는
테러의 예감으로

숨겨진 네 속성들과 숨이 닿게 마주한다

골수를 파고드는 그 이름에 날이 서고

도려내도 아릿한
불치의 헛손질은

무디던 금속성마저
피를 보고 있구나

홍예문 한나절
–문수산

딱따구리 붉은 몸짓 온 산을 울어 대면

홍예문虹霓門 한나절이 웅얼웅얼 내려오고

산그늘 한끝을 훔쳐본
하늘빛 더 붉더라

* 문수산성 : 1694년 축성. 병인양요 때 프랑스군과의 격전지.
  김포 월곶면 포내리.

가을

눈 뜨면 뵈는 강산江山
왜 눈도 못 뜨고

천지를 헤매어도
말 한마디 못 건네더니

속속이 다 훑인 바람
끝자락만 붉더라

냉과리*의 노래

임의 뜰에 화사한 너울로 머물다가

안엣 것 다 사르고
향기로만 피어올라

영영營營한 이름을 가진 언약이고 싶습니다

* 덜 구워져서 연기나 냄새가 나는 숯.

국경의 들녘

무얼 위한 눈짓인지
누굴 위한 몸부림인지
제 살이 상하는 것도 눈치채지 못하고
되짚어 돌아올 수 없는 먼 길을 가려 하고

말라버린 눈물처럼 누구의 몫도 아니라면
오히려 맨손으로 보낼 걸 그랬나 봐
처연히 상처만 드러나게 버려둘 걸 그랬나 봐

움켜쥐듯 도망쳐서, 그렇게 달려와서
턱에 걸린 숨소리 들려주고 있었지!
"자유다!" 그 이름 남겨두고
그는 갈 수 있었어

바람이 끌고 가는 섬

먼바다 달려와서 골짜기에 눌러앉은 건

지난겨울 볕 좋은 날 눈 녹인 바람이다

발 묶인 그대 섬 하나 끌고 가는 바람이다

내 한 생을 보살피던 바람의 오랜 이력

그 깊이 알 수 없다는 걸 낮달은 알았을까

오롯이 내 안의 섬 하나 출렁이다 끌려간다

그리고 8월

참으로 날도 궂다,
언제부터 질척이는데

왜 하필 새벽마다
풀벌레 울게 하고

움켜쥔
눈물 한 줌은
속으로만 스미는지

그믐밤

1

깨금발로 내게 온다, 어둠 속 그 맑은 눈

초침 속에 달라붙어
기생하는 먼 적막

어쩌다 비라도 내리면 한 사흘이 젖겠다

2

내게 박힌 네 것들 죄다 뽑아 손질하고

거미줄 걷어내면
달빛이 와 눕는다

나뭇잎 행여 떨어질까 잠이 오지 않는다

소묘

덧니 같은 낮달마저 삐죽이 아프던 날
담 넘던 해그림자 돌 틈에서 키만 크고
수척한 갈바람뿐인 그리움 하얀 허공

누가 보낸 안부일까
가지 끝 작은 여운

움찔, 새 한 마리가
화답이듯 날개 접고

찡! 하고
깨지는 고요
햇살마저 눕는다

봄비 오시는 저녁에

가만가만
나즉나즉
물러서듯 다가오며

그때처럼 서성이다
가슴만 내리 쓸다가

내 안에
묻고 또 묻던
눈물 되어 흐릅니다

작은 우주

—2007년 9월 7일 05시 주현에게

눈부신 울음으로 와
나를 본다
너를 본다

흥겨운 바람 앞세우고 온 땅이 들썩인다

새벽이 너를 냈구나
두둥실 아침이다

저녁종

신이 내려주는 이슬 날마다 받아먹고
별들은 어둠 속에서 빛나기도 하지만
나직이 귓가에 무너지는 그대의 까만 미소

어제는 바람 불고 오늘은 비가 내려
풀꽃들 총총히 발자취만 남기는데
빈 들녘 그림자 재우며 맴을 도는 그대여

단지, 어느 인연을 만나 보기 위하여
어둠보다 외롭게 스스로 갇혀 살며
저 혼자 타임캡슐 속에서 한 오백 년 울어주는

겨울 생각

—寒蘭

언제나 내 사랑은 갈 곳을 모릅니다

생각의 좁은 숲길 이리저리 헤매다

한끝을 놓치고서야
꽃대 하나 올립니다

안부

변방을 지키던 어느 병사의 말 한마디
"날씨가 되구만요. 몸 성히 잘 있지요"
고요가 인사말처럼 비끼고 지나간다

어깨 위엔 별똥별 쌓이다 무너지고
자정을 넘어선 바람 뼛속에서 잠들면
아련히 병사의 변방
꿈속을 다녀온다

사랑의 길을 가다

지난 계절 놓쳐버린 시간이 또 지나간다

내 대신 울어나 줄
풀벌레가 되고 싶다

온전히
사랑하고 싶다
작은 티끌 하나까지

울음도 경經이 되는

우리 갈 수 있다면
하늘길도 이별 있을까

별과 별
너와 나 사이
정거장
하나 두고

밤이면 길을 묻는다
울음도 경經이 되는

봄바람이

바람도 나이 드는지 말이 참 많아진다
문틈으로 들어와 옷깃 잡아끌더니
뒤뜰에 초록을 불러 수다를 늘어놓는다

바람도 나이 들면 철이 없어지는가
회오리로 일던 청춘 머리채 휘어잡고
양지쪽 구석에 앉아 긴 하품을 하고 있다

자목련 벙글던 날

혼자 보는 하늘은
아득한 이름이다

누군가 떨구고 간
설핏한 추억이다

사월이 휘감긴 뜨락
눈이 부신 낮달이다

여우비

나기 전
이미 버려진
미혼모의 아이였다

매서운 눈초리가 오히려 익숙한데

어쩌다 따순 손길에
오줌 찔끔
지렸다

바람 아니라도

저건 몸부림이다
꽃잎 떨구기 위한

잠시 눈부신 고요
기다림을 놓았다

한 송이 봄꽃이 진다
바람 불지 않는다

돌

고요의
기다림이
기다림 되지 않는다
아파트 베란다에 털썩 분재로 앉아
안으로 안으로만 고여 단단해진 이름이다

빗소리 귀에 걸려 온밤 적시는 날
시계의 초침 소리 뒤척이다 잠이 든 밤
빛바래 볼품없는 기억
먹먹하다
아리다

제 3 부

한 번을 놓아버리고
또 한 번을 비워내고

영종도 해당화

버리고 온 자식이다
명치 끝 짓누르는

꼿꼿하게 버텨 온 시침과 초침 사이

오래된 괘종시계가
낮달만큼 무심하다

옛터

빈집이 늘어가고 고목이 잘려 나가고

왁자한 소리가 풍문으로 떠다니고

폐허가 들어선 자리
빌딩보다 큰
적막 한 채

민들레

이제는 푸른 하늘 밝은 햇살도 보입니다
비 오는 날 낙숫물에 말씀으로 오시다가
그 산길 무덤가에 핀 풀꽃으로 오십니다

휑하니 가슴 속에 바람처럼 들어앉아
때로는 수천 갈래 눈물마냥 시리더니
누군가 내게 놓고 간 연서戀書인 양 남습니다

고운 날에는

한 번을
미워하고
또 한 번을 사랑하고

한 번을
죄를 짓고
또 한 번을 용서하고

한 번을
놓아버리고
또 한 번을 비워내고

그들은 그렇게

산은 신을 불러내려 새벽까지 사랑한다. 체액들이 슬금슬금 골짜기로 모이고
아무도 눈치 못 채게 또 한 대代를 이어간다

땀방울 이슬처럼 잎사귀에 맺고 떨어져 사람들 샘을 파서 단물을 퍼마시고
그 오랜 속병이 나아 궁궁을을 살아간다

분을 갈면서

다시는 돌아서서 한 점 눈물 보이지 말자

보내놓고 허둥대며 일 점 후회도 말자

꽃잎에 눈길 주고서 봄마중을 하리니

홍매화

하마터면 임을 두고
돌아설 뻔했습니다
꿈길에도 놓지 못한 그대 손을 뿌리치고
아픈 살 감당치 못해 후회할 뻔했습니다

파르르 떨고 있는 낮달을 쳐다보다

산그늘이 끌어당겨
아! 내가
낮달입니다

어쩌면 산짐승처럼 울부짖을 뻔했습니다

산나리꽃

때론 바람이더니
불이더니
물이더니

어느 땐 소리 없는
긴- 외침이더니

도무지
어찌할 수 없는
뾰족한 그대 이름

소쩍새

님의 곁에
머물고저
소리 높여 울더라

그 눈물
그대 이름에
메아리 되었더라

속 깊이
메아리 묻고
한 천 년을 살더라

초승달

단단한 어둠을 깨면 내일이 있는 거야

손끝에 느껴지는
수면 위의 설렘처럼

지금 막 노란 부리 하나 알을 깨고 나온다

4월

태어나 단 한 번도
울지 않은 아이가

화창한 봄날 아침
꽃 한 송이 주워 들고

울음을 터뜨리더니
그예 말문 열었다

5월 동행

촌노의 지붕 위에 피어나는 버섯이야

이름 없이 살다가는 순리를 받들지만

그 숱한 바람의 독기 잠행하는 그 골목

하찮은 풀 한 포기 밟히고 잊히지만

신神의 앞에 놓인 화살 활시위에 물려두고

살아선 갈 수 없다던 그 길을 가고 있다

허수아비

내 혼의 작은 몸짓 끊임없이 일어서서

스러지는 너울이다
너를 향한 노래다

울어도 가 닿지 못한 마른 눈물 끝이다

파도 위의 파도

그 바다 그 물결은
언제나 술렁인다
뭍으로 끌려나가 잃어버린 내 유년이
움츠린 한 모습으로 철썩철썩 돌아오고

꿈에서 보았을까 무성한 그림자 속
성벽 아래 아이들이 그 높이를 재는데
뜻 모를 주문을 외며 단을 쌓는 사람들

이름 없는 그림자
이름 있는 그림자가
한데 엉켜 어울리다 어느새 멀어지는데
무심코 던진 말들로 또 하루가 젖는다

다시, 너에게

갈대밭 스쳐 가는
바람인 줄 알았다

나부끼는 옷자락이
눈가에 젖어 와서

일없이 강가에 앉아
하늘을 바라본다

쑥부쟁이

국이 자꾸 넘친다 몇 술 넘길 것도 안 된다
물 부을까 생각하다 그릇만 또 태운다
널 자꾸 떠올리는 걸까 지우지도 못하고

언제부턴가 너는 게걸스럽게 먹었다
살아야 한다면서 밤夜을 베어 물었고
달빛이 멀어지면서 너는 잠이 들었다

잠결이듯 흐릿한 기억으로 덮이는
그 적막 걷어내며 푸른 강이 놓이고
더 낮게 가슴 속으로 흩어지는 물새 떼

사랑 방식

—春蘭

언제나 살 내음부터 보내더라, 너는

꽃을 탐해야 하는
설레는 이 봄날도

구렁이 언덕을 넘듯 꼭 그렇게 오더라

저 둥지 때문

국이랄 것도 없이 그저 밍밍한 맛이

오늘따라 혀끝에 착착 감기는 것은

어쩌면 봄을 불러 앉힌 저 둥지 때문이다

밤비

너를 향한 미움이 어둠보다 더 짙어

속내 없이 두꺼운 밤 하얗게 허물 벗도록

불러도 얻지 못할 이름 무성하다, 약속하다

엉겅퀴

사는 게 팍팍해도
가시 돋을 일 아니지
퍼렇게 올라오는 뜨거운 서러움도
속내에 깊이 숨기고 그냥저냥 지내야지

지난여름 뜨겁고 온몸 욱신거린 날
속에 박힌 못 하나 모르게 묻어 둘 때
그 무슨 훈장이라고 버리지도 못하면서

노랑할미새 폴짝이는 여름을 앞에 두고
아프지 않다 되뇌며 아예 수행하더니
심지에 불을 붙이듯
얽힌 마음 풀어낸다

산 사람

아버지 산에 갔다
어머니 산에 갔다

어머니 오지 않고
아버지 돌아왔다

어이구!
하늘 무너지다
아버지 무너지다

찔레꽃 환한 밤이면

찔레꽃 환한 밤이면 전동차를 타고 가자

불빛 수선스럽고 경적 소리 활기찬

그 광장 한복판에서 질펀하게 놀아보자

가끔은

멀어지다 다시 만나는 것 어디 바람뿐이겠니
모두 떠난 둥지에도 한 줌 햇살이 들어
가끔은 떠들썩했던 기억들이 살겠다

낮은 데로 마음 두는 물의 온도 선해서
어쩌면 너와 내가 우연히라도 만나
천천히 지나치면서 웃을 수도 있겠다

젖어서 건너는 것 어디 바람뿐이겠니
가다 오다 한참을 강가에 머무르면
뻐근한 하루를 지우고 달빛이 건너겠다

외출

밥 잘 먹고 똥 잘 싸야
잘 사는 거라더니

오랜만에 문자가 운다.
위층 할매 가셨단다

지렁이 말라비틀어져 까맣게 된 어느 날

옛집에 서다

1.
감잎이 익어가는 잡초 무성한 뒤뜰
지금 막 알을 스는 다락방 거미 일가一家
고요를 두레박으로
퍼 올리는 은유 한 점

2.
언제나 그곳에는 서러움도 있더란다
모르게 주먹으로 눈시울 훔쳐 내도
실개천 피래미만한 눈물 자국 남더란다

징검다리 건너가다 물수제비 뜨던 돌이
서럽던 기억으로 하늘에 있더란다
초저녁 눈썹달로 떠서
실개천 지키더란다

제 4 부

흐릿한 네 이름 벗고 그곳에 나 있으니

살다가
과남풀
어떤 바람
나무들에게
어깨 위에 내린 이슬
홍수
아프다는 것
점點
향달맞이꽃
해그림자 긴 오후
발을 들여놓았다
2월에
제비꽃
그 여름날
간월도
비가 오시면
아버지
소리 없이 가득한
새털구름
이렇게 환한 날
가을비
가을이 있는 자리
지상 어느 문밖에서
얼음새꽃
할아버지의 강(祖江)

살다가

살다가 하늘 보며 혼잣말하고 있을 때
가슴도 열지 못하고 울컥 치밀어 오를 때
꽃밭엔 봉숭아 빛 노을 시나브로 엎어졌다

기도가 목에 걸려 넘어오지 않을 때
강황빛 들꽃들이 눈에 자꾸 밟힐 때
한 번은 내 안의 것들 다 버려도 좋겠다

과남풀*

피고 지는 꽃이라고
갈 곳조차 없을까

눈을 떠 아주 먼 곳
자취 따라 눈길 주면

흐릿한 네 이름 벗고 그곳에 나 있으니

* 산지의 습지에서 자라는 용담과의 여러해살이 풀.

어떤 바람

바람이 몹시 분다
비바람은 아닐 게다

구름 한 점 바람 한 줄기에
빗방울 숨어 살듯

네게도 드러낼 수 없는
이름 하나 있겠다

나무들에게

겨울이 온다 해도 서두를 일 아니다
불타오르던 것들 남김없이 다 타도록
천천히 기다릴 일이다 사그라들 때까지

버릴 것 다 버려도 불씨 하나 숨겨 두자
바람 몹시 사나운 날 그 밑불 살려놓고
네 이름 그립더라고 전해줄 수 있도록

어깨 위에 내린 이슬

별이 또 스러진다
별 하나가 떨어진다

너를 향한 기억에 퇴적층이 쌓여간다

난 너의 사랑이었을까
어깨 위에 내리는 이슬

홍수

은신처를 걸어 나온 늙은 한 여자가

새벽까지 참았던 오줌 누고 있나 보다

요강을 깨트리고는 천지가 물난리다

아프다는 것

언젠가 나로부터 그대 멀어지던 날
어둠 속 유난히도 빛나는 저 별빛이
촉촉이 젖어 있었다
서로 닿지 못하며

생의 빗살무늬가 바람 편에 출렁이고
기억을 휘감았던 곰삭은 지난날이
은밀히 되살아난다
회오리바람 된다

점點

거울 보는 버릇은 아마 그때부터였을까

어느 틈에 생겼는지 거슬리는 점 하나

내 안에 깊이 감춰져 뽑히지 않는 너를 닮은

향달맞이꽃

나
한때
마음 다쳐
눈도 감고 지낼 적에
바람결에 온 것 중 본 듯한 것 있더니
한 삼 년 무딘 세월에 향기 한 점 남았구나

해그림자 긴 오후

수레를 끌고 가는 한 사람 있습니다
검버섯 핀 세월에 바람이 비껴가고
한 발씩 내딛는 길은
성큼성큼 다가옵니다

눈시울 무겁도록 해그림자 긴 오후
저녁연기 피어올라 까치집에 다다를 때
강가에 빈 수레 하나
덩그러니 놓였습니다

발을 들여놓았다

기어코 전동차에 발을 들여놓는다

구부정히 앉아 있는
유난히 작은 사람

언젠가 돌아오겠다는 너를 보고 있었다

2월에

1.
달빛이 깜빡 졸다 어깨를 툭! 치고 가면
얼음새꽃 실눈 뜨고 봄마중 한창이다
발 앞에 엎드린 봄이
톡, 떨어져 눕는다

2.
생쌀 같은 햇살 두 톨 오돌오돌 떨고 있다
기약한 봄이 와도 시장기는 안 가시고
두어 점 떨어진 바람
새 한 마리 쪼고 있다

제비꽃

1
한 번쯤은 웃어주고 어쩌다 눈길주며 오가는 길모퉁이서 만나기를 바랐지요 속 깊이 묻어두는 일 그리도 쉬웠습니다

비 오는 날 낙숫물 그보다 더 환하게 다녀가신 자리만 낙서처럼 남아서 십여 년 퍼렇게 자라 꽃을 피우더이다

2
너를 두고 돌아서다
문득, 멈춰서서

도무지 잡히지 않는
끄트머리 찾고 있다

얼마나 많은 날들을 울게 했을까, 나는

그 여름날

천둥 번개
내리꽂히고
번쩍!
머리 스칠 때

너의 눈빛
너의 몸짓
세차게
쏟아져 내려

한순간
맞고 쓰러질
그 소나기
소나기

간월도

눈 한 번 꿈벅일 때 하늘빛 흐려지면
언제 울어봤나 기억에도 녹이 슬고
조용히 작은 섬 하나 물수제비 띄운다

파문이 일어나는 둥그런 수평선이
간월도 물 빛깔로 눈동자에 물들면
하얗게 숨죽여 우는 해 질 녘 범종 소리

비가 오시면

이렇게 비가 오면 너에게로 가고 싶다

촉촉한 가슴으로는 다가갈 수 없어서

우산을 받쳐준 그곳
네 이름 놓고 온다

아버지

1.
넘어질 듯 달려와 모로 누운 빛살이듯

때로는 비바람에 한 사흘 눈 못 뜨고

가슴엔 바람이 들어
숭숭 다 뚫렸겠다

2.
막차 떠난 정거장에 오두마니 앉아 보면

저 하늘 울 안에 들어앉은 이름만큼

다 타고 재만 남는 검불
시간을 흝고 가겠다

소리 없이 가득한

오가던 바람마저 어디론가 끌려가고

고요가 내려앉은 교회 마당 한 귀퉁이

까무룩 잠들던 초록 부스스 눈을 뜬다

새털구름

두 다리 쭈욱 뻗고 마냥 울고 싶은 때
그리움이 먼지처럼 내 앞에 떠다닌다
손 뻗어
잡으려다가
손끝에다 걸어둔다

언제든 떠날 듯이 눈길 한 번 주고는
그저 내 주위만 맴을 돌고 또 돌았다
그랬다
네가 그랬다
안부처럼 다녀갔다

이렇게 환한 날

잊고져
다 잊고져
돌아서면 그만인걸

하늘과 땅 맞닿은 곳
그 보다 먼 곳에서

일없이
여우비 한 줄금
안부처럼 지나가다

가을비

길을 가다 한참을 그 자리에 섰습니다

떠난 것은 아닌데 돌아볼 수 없어서

나직이 그대 이름을 부르고 또 부릅니다

자박자박 속삭이듯 따라오는 발소리

차마 듣지 못하고 갈 길 서두르는데

낙엽은 한 바퀴 돌아 발길 잡고 있습니다

가을이 있는 자리

쇠기러기 한 무리 까맣게 하늘 덮고
정수리 허연 배추 자꾸 늘어가는데
닭장을 도망쳐 나온 암탉 뒤뚱뒤뚱 숨는다

실한 배추 고갱이 드러나는 바로 그때
한 자 넘는 작대기 휘두르다 넘어진 자리
정강이 벌건 빛깔이 눈에 확! 들어 온다

그놈의 달구새끼 시장통에 맡겼더니
속아지 다 빼내고 발모가지 따로 준다
배추밭 망가뜨린 값이 제법 뽀해 하얗다

지상 어느 문밖에서

그 어떤 간절함이 긴 바람 거느리며
어느 문밖 서성이며 홀로 침묵했는지
날마다 수화手話 익히며 교신하고 있었다

난장亂場이 끝난 자리 멀리 던지는 눈빛
참으로 지울 수 없는 생각 한끝 내밀더니
자정을 훌쩍 넘긴 바람 머리맡에 잠들고

홀로 수자리 서던 국경의 그 어디쯤
밤마다 꿈틀대는 어둠의 촉수들이
눈 뜨는 묵시의 아침 깨우는 걸 보았다

얼음새꽃

그해 겨울 그렇게 너는 떠나 버리고

하늘빛 환하라고 이리저리 눈 날리는데

저것 봐!
울엄니 무덤가에
얼음새꽃 피고 있다

할아버지의 강(祖江)*

하늘빛 하도 맑아 강물에 베이는 날
그 이름 부르다가 목이 쉬어 지친 날은
갈대밭 우묵진 자리
곧은 뼈로 서고 싶다

흠칫, 돌아보면 꿈길에도 놓지 못해
먼 시간 너른 들판 눈감으면 돌아올까
녹슬듯 저무는 물빛
비바람도 비껴서다

*조강祖江: 경기도 김포군 월곶면 북부 지역을 흐르는 강.
고려·조선 시대에 충청·전라도에서 올라오던 세곡선과 물화를 실은 배들이 개성·한양으로 가기 위해 거쳐 가던 유명한 나루터였다는 돌비만 너른 들판에 서 있다.

제 5 부

참다가 뱉어낸 울음 풀꽃이 받습니다

너는 가고

내 고향 하늘빛은 언제 봐도 꽃빛이다
너를 놓고 오던 날도 노란 꽃비 내렸지
샛노란 개나리꽃이
온 천지를 뒤덮었지

앵두나무 아래 서면 이야기꽃 있었지
저 하늘 아주 멀리 끝없이 피어오르는
편지지 행간을 비운
꽃빛 하늘 있었지

내 가을은

내 삶 가득 담고 있는 붉은 이름 되뇌이다

저만치 모퉁이서 마른기침 내뱉는데

바람은 또 이리 불어 겨울을 재촉한다

새벽, 물안개

내게 보낸 답신이다
가슴 저리 먹먹하다고

툴툴 털고 나섰어도 발길 차마 안 떨어져

서둘러 떠나가던 길
되짚어 오고 싶다고

개망초

오를수록 길 끝에서 끊어질 듯 말라가는
길섶에 아무렇게 버려둔 이름같이
참다가 뱉어낸 울음 풀꽃이 받습니다

너와 나 손을 잡다 놓쳐버린 약속들이
어깃장만 놓다가 키도 크지 못했는데
오래된 옷가지 속에
구겨진 채 푸릅니다

그녀의 속도
—백사마을

폐지 몇 장 무심히 떨어지는 리어카 뒤

숨죽인 소문들은
빗소리 따라 떠나고

눅눅한 골목 안으로 할머니가 걸어온다

남도창

1.
산허리 휘어감다 슬몃슬몃 휘돌더니

나붓나붓 춤사위에 저 혼자 붉는 마음

촉촉이 젖은 발길은 차마 내딛지 못하네

2.
바다로 끌려가는 이름 모를 사람아
둠칫둠칫 춤을 추며 쫓아가는 사람아
저만치 어디쯤에선 돌아서지 않으랴

3.
언젠가 다시 만나 네 이름 들려주고

언젠가는 다시 만나 그대 눈빛 마주 보며

끈질긴 인연의 끈을 환하게 잡아 볼거나

가을나기

1.
비를 피하겠다고 뛰어든 처마 밑에
한여름 뙤약볕도 가슴 한쪽 시렸을
어머니 당신을 닮은 낙과 한 알 봅니다

2.
바람도 맛이 들어 혀끝에 감길 때쯤
숨겨온 약속처럼 덩그마니 남겨진
가지 끝 까치밥 하나 비를 맞고 있습니다

그, 후

천둥을 밀어내고
들어앉은 초침 소리

새벽을 끌고 오는
깡마른 기침 소리

생각에 길을 만들어
너를 만난 일몰 그 후

그 봄날

1.

그렇게 가다가는 몇 발짝도 못가지

흥얼흥얼 홍매화 벌어지다 만 기슭

그 환한 햇살 따라가 보면

방울방울 꽃진 자리

2.

옷소매 간질이며 안겨 오던 바람이

머무를 겨를없이 휑하니 가버리더라

그 어느 좋은 봄날도 서둘러 떠나더라

아이에게

더께 끼고 옹이 진 삶의 곳간 둘러보다

자박자박 걸어 나온 어린 날의 나에게

아이야 눈물도 곰삭으면 다 내 것이 되느니

어쩌면 너와 나는

—소싸움

어쩌면 너와 나는 만난 적이 있을까
전생보다 더 먼 어느 시간 골목에서
한참을 숨어 울다가 돌아섰을지 혹 몰라

물 건너온 검둥이 산 넘어온 누렁이로 만나
물러설 곳 전혀 없어 온몸으로 버틴 시선
분노를 억누르면서 살아왔는지 혹 몰라

마주 보며 내딛다가 견딜 수 없는 두려움에
큰 눈을 꿈벅이다 그만 돌아서려는데
가슴을 들이받힌 채 눈물 흘렸는지 혹 몰라

해당화

1.
연 전에 길을 나선 어미 새의 행보가
산 그림자 끌어안으며 무겁게 주저앉고
바람이 붉게 물든다
혓바늘이 돋는다

2.
얼마를 미워하면 가시가 돋아날까
여러 해 풀지 못해 말문을 닫았더니
그믐밤 달빛이 내려 물 위에 눕더니라

눈길 끝 간 데 없이 바닷길이 열리고
제 몸에 박힌 가시 하나씩 뽑아내며
도도한 물길을 위해 말문 그예 텄더니라

빨강 등대

—오이도

먼 기척에도 놀라
떠나고 싶다, 이곳에서는

타지 않고 깨지지 않는
네가 되고 내가 되어

단단한 화석이 되어 여기 있고 싶다

늙지 않고 죽지 않고
머물고 싶다, 이곳에서는

단단한 고통에도
한세월 곱게 버텨

오히려 가슴을 열고 등대로 선 너 있기에

겨울밤

바람이 겨울밤을 깨울 수만 있다면

마당가 벽오동이 배꽃처럼 환하겠다

달빛이
창가에 앉아
깜빡 졸다 떨어진 밤

저녁을 울다

한낮에 우는 매미 저녁에도 우는 것은
휘황한 저 불빛이
낮인 것만 같아서
울어서 목이 쉬도록 임을 찾아 울기 때문이다

행여 밤이 찾아오면 울음 끝 놓칠까 봐
천지에 가득 차도록
꽃을 울고 바람을 울며
남겨 둔 짧은 인연을 하늘에다 묶는다

늦가을 소식

잦은 기침 끝에 온
무력감을 보았느냐

어쩌지도 못하면서
허세 또한 없느냐

다 식은
화롯불 쑤석이면
네 이름이 뜨겁다

염하강 하구

물때 지나 발길 뜸한
낯설기만 한 저녁 포구

허기진 노을 한끝
가시처럼 목에 걸리다

햇빛이 닿지 않는 그곳
그리움이 널려 있다

황사 후

1.
산꼭대기 올라가서 멀리 바라봅니다
저 너머 푸른 숲이 붉게 물들 즈음에
가랑비 가랑거리며 말간 얼굴 적십니다

홀로 쥐고 있던 시간 가만히 놓아주고
깊은 계절 조용히 혼자 돌아보는데
둥글고 환한 내 것들 새살로 돋습니다

2.
어깨 위에 내리는 비
마음 자꾸 나뉜다

춥다
배고프다
밉다
보고 싶다

바람에 무너지는 오후 저 혼자서 애닯다

밤 가고, 아침

산 너머 푸른 숲을
성큼 지나오면서
한 자나 키가 큰 햇빛
문 앞에 다다랐다
제각기 생각이 다른
바람 한 줌 움켜쥐고

크지 않는 나를 두고 가버린 어머니처럼
누렇게 찌들어가는 어머니의 서신처럼
유난히 마른 내 영혼의 종아리를 치고 있다

누구의 힘을 빌어
그 누구의 울음을 빌어
웅웅 울고만 있는
꿇은 무릎 곧추세울까
빛으로 하늘을 열고
내게 오시는 그대!

부치지 못한 편지

외롭게 바람 부는 길
새 한 마리 걸어가고

구름 한 점 머리 풀어
하늘 보고 붉게 우는데

꼬깃한
편지지 한 장
서녘으로 날아간다

소식

어느 시러베아들 잿간에서 일 보다
바지도 못 올리고 급한 척 뛰쳐나와
“아 글쎄 구더기란 놈이 바지춤으로 기어들데”

이번엔 이 망나니 도둑잠을 자더니
혼쭐난 이후로는 신발부터 챙긴다나
그 댁내 곱게 차려입고 나들이 다닌다지

임이여, 밝히 가소서

—이만신 목사님 전에

참으로 거역할 수 없는 어떤 부름 앞에
다만 대답 대신 아득한 길 이 끝에서
서둘러 떠나시는 까닭
물을 수가 없습니다

날마다 새벽을 바쳐 하늘 길 닦으시며
기도로, 삶으로 보인 그 자취 뚜렷한데
고요히 내디딘 걸음 따를 수도 없습니다

다시는 서지 못할 등 뒤에 엎드려서
간절한 기도인 양 하늘빛 다 젖는대도
드러내 말할 수 없는 이별을 놓칩니다

이미 닫힌 문 앞에서 이렇듯 서성이며
거두어간 그 눈빛 끝자락을 붙잡고
임이여, 밝히 가소서
이 말을 삼킵니다

한미자 시조 텍스트의 풀빛시학

오종문_시인

1.

한미자 형! 24년 만에 두 번째 시조집을 세상에 내보이는군요. 1992년 〈문학세계〉 신인상으로 등단한 후 1999년 첫 시조집 『그루터기의 말』을 발간했으니 말입니다. 세월이 참 빠릅니다. 시조단 행사에서 만나 연을 이어온 지금까지 형은 한결같은 시인이었습니다. 당시 시조의 깊이보다는 의욕만 앞서고 객기만 넘쳐났던 나의 30대 시기, 대책 없는 후회에 빠지기도 합니다만 시조문학에 대한 순수한 열정만은 진심이었던 것 같습니다. 그때 만난 형은 단아한 외모에서 느껴지는 한 편의 단형시조 같은 이미지였습니다. 때로는 큰누님 같기도 한 동료 시인의 도반으로 시조의 길을 걸어왔습니다. 그런데 2000년대 들어서면서 갑작스러운 형의 건강 때문에 문학을 멀리하고, 다시 건강을 추스르기까지 다시 또 한 세월이 흘러갔습니다. 한동안 바람의 풍문으로 소식을 접하기도 했고, 안부가 궁금했지만 쉬이 연락도 하지 못했습니다. 형이 고향 김포에 생활의 뿌리를 다시 내리면서 건강을 회복하고, 난蘭을 옆에 두면서 심성을 더 곱게 다듬고, 근래에는 텃밭에 작물을 기르고 자연과 호흡하면서 편안한 일상을 누릴 수 있을 때까지의 일들을 잘 압니다. 그동안 쓴소리처럼 들렸을 잔소리를 다 받아내고, 그래도 시조의 끈을 놓지 않고 작품을 발표하는 형을 보면서 고맙기도 하고 감사하기도 했습니다. 이제 긴 세월의 시간이 편편의 작품으로 고스란히 익어 두 번째 시조집의 결실을 보게 된 것을 그 어느 때보다 기쁘게 생각합니다. 형이 밝힌 '시인의 말'에서처럼, "소중한 내 기억들, 그것들을 간직하고 싶었"지만 "이런저런 구실로 멈추는 날이 더 많았"고, 오랜 시간 시조를 두고 뒤뚱거렸던 그 시간을 품에서 내린다는 말이 왠지 안쓰럽고 서운하고 비장하게 느껴지기도 합니다. 더군다나 필부에게 감사의 말까지 언급해 이름을 빼자고 했더니, 자분자분 낮은 목소리 톤으로 두 번째 시조집 말미를 채워줄 원고를 부탁해 마음이 더욱 무거워집니다. 하여 풀빛 같은 날처럼 날마다 "밝고 고운 건강한 걸음을 걸을 수 있도록" 마음을 가다듬고 원고를 읽습니다.

2.

중국 양梁나라의 종영鍾嶸(480?~552)은 문학비평서 『시품詩品』의 「지음편知音篇」에서, "천 개의 곡조를 다룬 뒤에야 비로소 음악을 알게 되고, 천 자루의 칼을 본 뒤에야 겨우 칼이 잘 드는지를 안다"고 했습니다. "높은 산을 본 일이 있으면 조그만 언덕의 모양을 확실히 알 수가 있고, 큰 바다 물결을 알고 있으면 작은 냇물의 흐름도 짐작할 수 있다"면서 형의 작품(문학) 세계를 이해하기 위해서는 작품을 여러 번 읽고 행간의 깊이를 느끼라는 의미인 것 같습니다. 형의 "작품을 평가하는 데 사심 없이 개인의 애증에 편벽되지 않을 때 저울과 같이 공정한 논리를 펼 수가 있고, 거울처럼 분명하게 표현을 비추어 볼 수가 있는 것"이라고 했습니다. 그러나 이 시품에서 벗어나 내가 알고 있는 형을 편안하게 읽는 한미자 시조 읽기를 할 생각입니다.

형! 글과 말과 삶이 일치한 시인이 얼마나 될까요. 어떤 시인은 시조를 이용해 자신의 본질을 잘 포장하기도 합니다. 또 어떤 시인은 자기의 본모습을 드러내지 않고 잘 숨기기도 하면서 포장도 잘합니다. 이런 시인의 시를 읽으면 왠지 공허한 마음이 들어 공감되지 않습니다. 당연히 시가 가슴에 와 닿지 않으니 멀리하는 경우가 많습니다. 형! 진짜 좋은 시는 독자의 마음을 두드리는 시입니다. 그러니 형 스스로 자기 작품에 대한 자존감을 가져야 합니다. 작품도 덜 익고 알맹이도 없어 읽을 게 없다고 말합니다만, 나는 형의 작품을 읽으면서 고개를 끄덕이며 공감하는 시조가 많습니다. 어쩌면 그건 한 사람의 창작자로서 내가 표현할 수 없고 다가갈 수도 없는 형만의 영역이기에 그러한 것인지도 모릅니다. 형이 시인의 삶을 살아오면서 겪은 체험들—자연의 생명력에 대한 직접적인 느낌과 삶의 덧없음의 은유, 슬픔의 무게를 이겨 낸 잘 숙성된 맛이 있고, 풀과 같은 생명력과 시퍼런 칼날, 풀빛과 같은 여러 생명의 색깔을 만나기도 합니다. 아니 삶의 추임새를 넣는 잔잔한 일상의 물결과 같은 위트와 흥도 있습니다. 그 외에도 맑고 투명한 편편의 시조에 투영되는 형의 삶을 목도하게 됩니다.

쓸리거라 네 이름
모두 씻겨 내려라

어느 것 하나 남김없이
무너져 내리거라

절벽은
앞에 키우고

그리움을 재우거라

—「구곡폭포에서」 전문

형의 첫 시조읽기를 이 작품으로 엽니다. 형의 마음이 하나로 결집하여 폭포수로 쏟아져 내리는 것 같습니다. 독자들로부터 온갖 감정을 환기하는 '정서적인 호소력', 즉 형의 페이소스가 강렬하게 느껴집니다. 은유, 연민, 동정적 슬픔 등 뜨거운 생의 정점을 보내고 육체와 함께 찾아오는 온갖 감정 앞에서, 형은 "절벽은/앞에 키우고/그리움을 재우"라고 말합니다. 형의 마음을 과도하지 않게 은유를 드러내되 은은하게 표출해 내고 있습니다. 형이 날마다 직면하는 일상과 사물과 풍경에 대한 세밀한 관찰을 통해 인간 삶의 의미를 드러냅니다. 그것은 보여주기 위해 화려하거나 잘 다듬어진 시조가 아니라 담백한 미의식이 관통하고 있는 듯합니다. 숨이 턱 밑까지 차오를 때까지 달려온 삶의 길에 남긴 흔적들, 비록 아쉽고 쓸쓸하고 허전한 마음과 아쉬움으로 가득 찬 남루한 육체의 고단함을 그리움으로 재우겠다는 형의 마음에 물꼬를 틉니다. 이제는 쳇바퀴처럼 돌아가는 삶의 관성을 멈추고자 하는 그 강렬한 삶의 페이소스가 형의 시조 전편을 이루고 있습니다.

바람도 나이 드는지 말이 참 많아진다
문틈으로 들어와 옷깃 잡아끌더니
뒤뜰에 초록을 불러 수다를 늘어놓는다

바람도 나이 들면 철이 없어지는가
회오리로 일던 청춘 머리채 휘어잡고
양지쪽 구석에 앉아 긴 하품을 하고 있다

—「봄바람이」 전문

형의 이 시조는 봄바람을 통해 점점 쇠락해 가는 우리를 봄바람 앞에 데려다 놓습니다. 우리에게는 잠시 멈춰서야 할 시간이 필요하고, 그 시간을 돌아보면서 삶을 정리해야 할 시간도 필요합니다. 그래서 형에 대한 삶의 본질적인 질문을 던지기보다는 일상의 시간을 잠시 멈추고, 나이가 들어 말이 많아진 봄바람이 "뒤뜰에 초록을 불러" 수다를 떨기도 하고, 나이 들어 철이 없어진 봄바람이 "회오리로 일던 청춘 머리채 휘어잡고/양지쪽 구석에 앉아 긴 하품을 하"면서 형을 조용히 응시하는 봄바람이 되어보기도 합니다. 우리의 삶이 무언가로 가득 채워져 있는 것 같지만, 실상 그 안에 도사리고 앉는 것은 결국 허무라는 사실을 귀띔해 주는 것입니까. 봄은 소란해야 좋지요. 겨울의 언 땅을 뚫고 나와 강인한 생명력을 증명하는 봄, 움이 자라 찬란한 잎과 꽃을 피우면서 완성되는 봄은 시종일관 분주하고 역동적입니다. 그래서 무언가 나의 삶을 열심히 채워 나간다고 생각했지만 뒤돌아보면 인생이 허무하게 텅 빈 것 같은 느낌을 받은 날, 눈가에 흘러내린 눈물 자국, 헛헛한 씁쓸한 웃음을 넘어서 삶에 대한 무한 긍정과 함께 깨달음으로 나아가려는 힘의 길목에서 형의 사랑을 만납니다.

지난 계절 놓쳐버린 시간이 또 지나간다

내 대신 울어나 줄
풀벌레가 되고 싶다

온전히
사랑하고 싶다
작은 티끌 하나까지

—「사랑의 길을 가다」 전문

이 작품에 무슨 설명이 필요하겠습니까. 형이 지난 계절 놓친 시간, 형 대신 울어줄 그 무언가가 풀벌레밖에 없다는 사실, 그렇기에 작은 티끌까지도 사랑하겠다는 결연한 형의 마음이 느껴집니다. 시간은 인간 본성이 지향하는 원초적 근원으로서의 자아 표현이며, 풀벌레는 시적 자아와 같은 성격을 가지는 자아 표현의 도구이며, 사랑은 이 모든 것의 집약체입니다. 이 시조에서 형이 말하고 싶은 사랑의 의미는 사랑만 의미하는 것은 아닙니다. 온전히 작은 티끌 하나까지 사랑하고 싶은 풀벌레의 울음처럼, 울음이 풀벌레를 매개로 하여 생성의 기쁨을 주는 사랑으로 화합하기도 합니다. 그래서 형은 세상에서 가장 그리운 게 사람이라고 말하는 것 같습니다. 혼자 서는 살아갈 수 없기에 사람들 속에서 서로가 이름을 부르며, 풀빛보다 더 짙은 푸름으로 신뢰하고 사랑하며 살아가는 것 같습니다. “우리 갈 수 있다면/하늘길도 이별 있을까”를 반문하면서 “별과 별/너와 나 사이 정거장/하나 두고” 「울음도 경經이 되는」 그날까지 실컷 울어도 보고, 그믐달이 뜨면 “내게 박힌 네 것들 죄다 뽑아 손질하고” 그 달빛이 방안까지 찾아오면 “나뭇잎 행여 떨어질까 잠이 오지 않”(「그믐밤」)아 마음 졸이다가 가랑잎처럼 바싹 말라버린 가슴을 두고 “어쩌다 비라도 내리면 한 사흘 젖겠다”고 말하는 것입니까. 이런 날이면 꽃샘바람도 형의 가슴을 파고들어 울어 내는 이명耳鳴으로 들립니까. 그래서 “여미어도/여미어도/솟아나는 그대 생각”(「꽃샘바람」)에 어깨가 시립니까. 뭔가 허전한 그 무엇이 남아 있어 아쉬움에 몸서리칩니까. 아니면 그 이유를 몰라 “살면서/오늘 또다시/낙서 같은 고백”(「고백」)을 하면서 “울고만 있”(「이슬비」)는 것입니까. 형은 자신이 살아온 삶을 어릿광대로 은유합니다. “기어가다/걸어가다/뛰어가다/넘어지” 면서 세상의 중심을 향해 “절뚝절뚝/겅중겅중/뒤뚱뒤뚱/엉금엉금”

버텨온 삶의 시간이었다고 말합니다. 그런 삶이 어느 날 갑자기 "덜커덩, 문이 닫"히고 그 닫힌 문을 열어주는 사람이 아무도 나타나지 않았을 때, 그 순간은 얼마나 두렵고 얼마나 절망적일까요. 아마도 그런 경험을 해보았거나 그런 느낌을 겪어보지 않는 사람은 알 수 없는 일이겠지요.

우리네 "속내에는" 항상 모반을 꿈꾸고 있는 걸까요. 그래서 "도무지 알 수 없는/테러의 예감으로//숨겨진 네 속성들과 숨이 닿게 마주"하면서 긴장하는 삶을 살아가는가 봅니다. "골수를 파고드는 그 이름에 날이 서"(「양파를 까며」)도록 기도하는가 봅니다. 누군가가 알몸으로 걸어와 "천 길 낭떠러지로/떨어지는 꿈속에서//벌레들이 내 살을 파먹어 들어오고", "누군가/비명소리가/도굴되어 나"(「꿈-IMF」)오는 세상에 "폐지 몇 장 무심히 떨어지는 리어카 뒤//숨죽인 소문들"이 "빗소리 따라 떠나고//눅눅한 골목 안으로(「그녀의 속도-백사마을」) 걸어 나오는 할머니를 만나는 세상입니다. 어쩌면 소리 높여 우는 소쩍새처럼 누군가의 눈물과 이름에 메아리가 되었다가 "속 깊이/메아리 묻고/한 천 년을 살"(「소쩍새」)고 싶습니까. 이제는 형에게 남은 일 앞에서 삶의 거울을 들여다보면서 정리 못한 "거슬리는 점 하나"를, 시인의 내면에 "깊이 감춰져 뽑히지 않는" 자신을 닮은(「점點」)을 뽑아내는 일인지도 모릅니다. 숱한 시간을 직면하면서 "이름 없이 살다가는 순리를 받들"면서, 비록 "하찮은 풀 한 포기"처럼 사람들에게 밟히고 잊혀갈지라도 "신神의 앞에 놓인 화살"을 "활시위에 물려두고//살아선 갈 수 없다던 그 길을 가고"(「5월 동행」) 싶은지요. 어느 「그 여름날」 "천둥 번개/내리꽂히고/번쩍!/머리 스칠 때" 강렬한 눈빛과 하나의 몸짓으로 쏟아져 내리면서 "한순간/맞고 쓰러질/그 소나기/소나기"(「그 여름날」)를 기다리는 것입니까.

은신처를 걸어 나온 늙은 한 여자가

새벽까지 참았던 오줌 누고 있나 보다

요강을 깨트리고는 천지가 물난리다

—「홍수」 전문

이 작품에 대해 무슨 주석을 달 수 있겠습니까. 형의 위트가 돋보이는 작품입니다. 홍수를 두고 '늙은 여자-새벽-오줌-요강-천지 물난리'로 은유할 수 있는 형의 시력詩歷과 상상력의 깊이를 엿볼 수 있는 대목이기도 합니다. 그런가 하면 "밥 잘 먹고 똥 잘 사야 잘 사는 거라"(「외출」)며 큰소리치던 위층 할매의 부고 소식을 능청스럽게 풀어내는 감칠맛과 여우비를 두고 "나기 전/이미 버려진/미혼모의 아이였다"라는 대목에서 자연스럽게 "어쩌다/따순 손길에/오줌 찔끔 지렸다"(「여우비」)는 은유는 참으로 돋보이는 구절입니다. 어디 이뿐입니까? 형의 이런 촉수는 "지금 막 노란 부리 하나 알을 깨고 나온다"고 표현한 「초승달」 같은 작품에도 눈이 번쩍 뜨입니다. 또 "기도가 목에 걸려 넘어오지 않을 때/강황빛 들꽃들이 눈에 자꾸 밟힐 때/한 번은 내 안의 것들 다 버려도 좋겠다"(「살다가」)던 형은 "생의 빗살무늬가 바람 편에 출렁이고/기억을 휘감았던 곰삭은 지난날이/은밀히 되살아"나서 "회오리바람"(「아프다는 것」)이 될 때 "어쩌면/까닭을 몰라/울고만"(「이슬비」) 싶어졌을 형의 마음을 들여다봅니다. 부모님을 다 떠나보냈지만 정을 끊어내지 못하고 「밤 시계소리」에도 깨어나고, 또 갈대밭 스쳐 가는 바람에도 부모님의 옷자락이 나부끼는 것으로 착각해 눈시울을 적시는 날엔 "일없이 강가에 앉아/하늘을 바라"(「다시, 너에게」)보면서 그리운 사람을 생각하는 형을 떠올립니다.

수레를 끌고 가는 한 사람 있습니다
검버섯 핀 세월에 바람이 비껴가고
한 발씩 내딛는 길은
성큼성큼 다가옵니다

눈시울 무겁도록 해그림자 긴 오후
저녁연기 피어올라 까치집에 다다를 때
강가에 빈 수레 하나
덩그러니 놓였습니다

—해그림자 긴 오후」 전문

이 작품을 읽다가 형의 마음을 옮겨놓은 시조가 아닐지 생각했습니다. 형의 나이라면 누구나 공감할 수 있기에 굳이 많은 설명이 필요 없는 것 같습니다. 해그림자가 긴 어느 날 오후, "수레를 끌고 가는 한 사람", "검버섯 핀 세월에" 바람마저 비껴가는 그 길에 서 있는 사람이 어디 형뿐이겠습니까. "한 발씩 내딛는" 걸음이 화살처럼 빠르다는 것을 온몸으로 느낍니다. "눈시울 무겁도록 해그림자 긴 오후/저녁연기 피어올라 까치집에 다다를 때/강가에 빈 수레 하나/덩그러니 놓였"다는 형의 표현이 아쉽고 서글프지만, 나는 전혀 다른 생각입니다. 형이 지금까지 세상을 잘 살아왔다는, 그런 인생을 살다 가고 싶다는 마음의 물꼬를 트는 그 마음이 뜨겁게 느껴집니다. "내 혼의 작은 몸짓 끊임없이 일어서서//스러지는 너울"이 될지라도 오직 "너를 향한 노래" "울어도 가 닿지 못한 마른 눈물 끝"(「허수아비」)에서 만나는 형의 시조를 다시 만나기를 고대해 봅니다.

3.

오랜 세월 깊이를 익힌 형의 두 번째 시조집 『풀빛 같은 날』은

읽는 이에게 무한한 위로를 건네줍니다. 형이 말한 '풀빛 같은 날'은 어떤 날인가요. 그 행간의 숨겨진 의미가 무엇인가에 대해 곰곰 생각해 보는 시조읽기였습니다. 풀은 우리 민족과 함께 해왔습니다. 풀은 가난과 죽음, 생명 등 모든 생활을 의미할 정도로 상징 범위가 넓습니다. 봄에 돋는 풀은 붉은 꽃과 함께 생명의 약동을 상징하고, 또한 변하기 쉽고 시들어 가는 것으로 풀은 인간무상, 인간사의 덧없음을 비유하기도 합니다. 아니 끈질긴 생명력의 대명사로 우리 민족성을 나타내기도 합니다. 그리고 풀빛은 풀들이 태양과 부단한 교감 속에서 얻어낸 생명의 빛깔입니다. 그래서 녹색의 풀빛을 보면 눈이 편안해지고 마음이 안정되며 피로가 풀립니다. 그것은 풀빛의 파장이 전해오는 자연과 생명의 너그러운 본질, 풀빛이 갖는 생명력 때문이 아닐까요. 이제 이 겨울이 지나면 또 싱그러운 풀빛이 온 세상에 감돌아 오겠지요. 형처럼 세월의 무게를 잘 이겨 낸 시조는 서러운 풀빛으로 짙어오기도 하고, 때로는 풀빛보다 더 짙은 푸름으로 길을 걷는 누군가 무르팍을 툭 치기도 하고, 풀잎에 걸려서 넘어지거나 풀잎 칼날에 베여 마음의 상처를 입기도 하고, 세상의 시퍼런 칼날에 베이기도 한 풀빛의 푸름으로 신뢰하고 사랑하며 살아가게끔 힘을 주기도 합니다.

형의 시조를 읽으면서 그 깊이에 이를 때까지 은유가 풀빛 언어로 피어난 정형의 꽃을 만날 수 있었습니다. 오래도록 잠을 이루지 못할 때 삶의 뒤꼍이 환하게 밝아옵니다. '경험적이고 현실적인 사실을 순수 직관의 시어를 동원해 자기 느낌에 충실'한 형의 시조는 일상에서 건져 올린 언어와 은유의 언어, 곧 상상력과 상징으로 정형성을 구현하고 있습니다. 아니 자연물의 텍스트와 실존의 현장에서 발견한 삶의 텍스트를 자신 안에 웅크리고 있는 존재를 투시하여 통찰합니다. 매일 반복되는 무기력한 일상에 둔감해진 우리의 지각이나 인식의 껍질을 벗고 미적 가치를 새롭게 창조하고 있습니다. 24년 만에 나오는 귀한 시조집, 그 말미의 원고를 채울 수 있어서 한없이 행복했습니다. 마지막으로 형의 두 번째 시조집 발간을 축하드리며, 형의 작품 「고운 날에는」을 암송해 봅니다.

한 번을
미워하고
또 한 번을 사랑하고

한 번을
죄를 짓고
또 한 번을 용서하고

한 번을
놓아버리고
또 한 번을 비워내고

—「고운 날에는」 전문